Tacet Books

Lima Barreto

10 Melhores Crônicas

Editado por
August Nemo

EDITOR August Nemo

CAPA E PROJETO GRÁFICO Mayra Falcini

NEGÓCIOS E MARKETING Horacio Corral

Dados Internacionais de Catalogação na Publicação (CIP)

Lima, Barreto.
L732   10 Melhores Crônicas / Lima Barreto – São Paulo, SP: Tacet Books, 2023.
48 p. : 14 x 21 cm

ISBN 978-65-89575-50-4

1. Literatura brasileira. 2. Crônicas. 3. Contos.

CDD 869.4

Tacet Books

Feito em silêncio

Para mentes barulhentas

www.tacetbooks.com

tacet.books@gmail.com

Sumário

Introdução

Lima Barreto foi um escritor brasileiro nascido em 13 de maio de 1881, no Rio de Janeiro. Filho de pais negros e pobres, Barreto teve uma infância difícil e teve que abandonar seus estudos para trabalhar e ajudar a família.

No entanto, sua paixão pela literatura o levou a escrever desde cedo. Em 1909, ele publicou seu primeiro romance, "Recordações do Escrivão Isaías Caminha", que é considerado uma das primeiras obras da literatura brasileira a abordar a questão do preconceito racial. A obra foi bem recebida pela crítica e ajudou a estabelecer Lima Barreto como um dos principais escritores da época.

Ao longo de sua vida, Lima Barreto escreveu diversos romances, contos e crônicas que abordavam temas como o racismo, a corrupção, a burocracia e as desigualdades sociais do Brasil. Sua escrita era marcada por um estilo direto e crítico, e ele era conhecido por sua habilidade em descrever a vida na cidade do Rio de Janeiro no início do século XX.

Apesar de sua relevância literária, Lima Barreto enfrentou muitos desafios em sua vida pessoal, incluindo problemas financeiros e de saúde. Ele morreu em 1º de novembro de 1922, aos 41 anos, deixando um legado literário importante para a história da literatura brasileira.

Este livro, "10 melhores crônicas de Lima Barreto", apresenta uma seleção das crônicas mais importantes e representativas da obra de Lima Barreto, oferecendo ao leitor uma visão única do mundo e das ideias deste grande escritor brasileiro.

Elogio da morte

Não sei quem foi que disse que a Vida é feita pela Morte. É a destruição contínua e perene que faz a vida.

A esse respeito, porém, eu quero crer que a Morte mereça maiores encômios.

É ela que faz todas as consolações das nossas desgraças; é dela que nós esperamos a nossa redenção; é ela a quem todos os infelizes pedem socorro e esquecimento.

Gosto da Morte porque ela é o aniquilamento de todos nós; gosto da Morte porque ela nos sagra. Em vida, todos nós só somos conhecidos pela calúnia e maledicência, mas, depois que Ela nos leva, nós somos conhecidos (a repetição é a melhor figura de retórica), pelas nossas boas qualidades.

É inútil estar vivendo, para ser dependente dos outros; é inútil estar vivendo para sofrer os vexames que não merecemos.

A vida não pode ser uma dor, uma humilhação de contínuos e burocratas idiotas; a vida deve ser uma vitória. Quando, porém, não se pode conseguir isto, a Morte é que deve vir em nosso socorro. A covardia mental e moral do Brasil não permite movimentos de independência; ela só quer acompanhadores de procissão, que só visam lucros ou salários nos pareceres. Não há, entre nós, campo para as grandes batalhas de espírito e inteligência. Tudo aqui é feito com o dinheiro e os títulos. A agitação de uma idéia não repercute na massa e quando esta sabe que se trata de contrariar uma pessoa poderosa, trata o agitador de louco.

Estou cansado de dizer que os malucos foram os reformadores do mundo.

Le Bon dizia isto a propósito de Maomé, na sua Civilisation des Arabes, com toda a razão; e não há Chanceler falsificado e secretária catita que o possa contestar.

São eles os heróis; são eles os reformadores; são eles os iludidos; são eles que trazem as grandes idéias, para melhoria das condições da existência da nossa triste Humanidade.

Nunca foram os homens de bom senso, os honestos burgueses ali da esquina ou das secretarias "chics" que fizeram as grandes reformas no mundo.

Todas elas têm sido feitas por homens, e, às vezes mesmo mulheres, tidas por doidos.

A divisa deles consiste em não ser panurgianos e seguir a opinião de todos, por isso mesmo podem ver mais longe do que os outros.

Se nós tivéssemos sempre a opinião da maioria, estaríamos ainda no Cro-Magnon e não teríamos saído das cavernas.

O que é preciso, portanto, é que cada qual respeite a opinião de qualquer, para que desse choque surja o esclarecimento do nosso destino, para própria felicidade da espécie humana.

Entretanto, no Brasil, não se quer isto. Procura-se abafar as opiniões, para só deixar em campo os desejos dos poderosos e prepotentes.

Os órgãos de publicidade por onde se podiam elas revelar, são fechados e não aceitam nada que os possa lesar.

Dessa forma, quem, como eu, nasceu pobre e não quer ceder uma linha da sua independência de espírito e inteligência, só tem que fazer elogios à Morte.

Ela é a grande libertadora que não recusa os seus benefícios a quem lhe pede. Ela nos resgata e nos leva à luz de Deus.

Sendo assim, eu a sagro, antes que ela me sagre na minha pobreza, na minha infelicidade, na minha desgraça e na minha honestidade. Ao vencedor, as batatas!

Bailes e divertimentos suburbanos

Há dias, na minha vizinhança, quase em frente à minha casa, houve um baile. Como tinha passado um mês enfurnado na minha modesta residência, que para enfezar Copacabana denominei "Vila Quilombo", pude perceber todos os preparativos da festa doméstica: a matança de leitões, as entradas das caixas de doces, a ida dos assados para a padaria, etc.

Na noite do baile, fui deitar-me cedo, como sempre faço quando me resolvo a descansar a sério. Às 9 horas, por aí assim, estava dormindo a sono solto. O baile já havia começado e ainda com algumas polcas repinicadas ao piano. Às 2 e meia, interrompi o sono e estive acordado até às 4 da madrugada, quando acabou o sarau. A não ser umas barcarolas cantadas em italiano, não ouvi outra espécie de música, a não ser polcas adoidadas e violentamente sincopadas, durante todo esse tempo.

O dia veio se fazer inteiramente. Levantei-me da cama e, dentro em breve, tomava o café matinal em companhia de meus irmãos.

Perguntei a minha irmã, provocado pela monótona musicaria do baile da vizinhança, se nos dias presentes não se dançavam mais valsas, mazurcas, quadrilhas ou quadras, etc. Justifiquei-lhe o motivo da pergunta.

— Qual! - disse-me ela. - Não se gosta mais disso... O que apreciam os dançarmos de hoje, são músicas apolcadas, tocadas "a la diable", que servem para dançar o tango, fox-trot, rang-time, e...

— "Cake-walk"? - perguntei.

— Ainda não se dança, ou já se dançou; mas agora, está aparecendo um tal de "shimmy".

Nunca vi dançar tal coisa, nem me tenta vê-lo; mas a informação me fez lembrar do que era um baile familiar há vinte anos passados. O baile, não sei se é, era ou foi, uma instituição nacional, mas tenho certeza de que era profundamente carioca, especialmente suburbano.

Na escolha da casa, presidia sempre a capacidade da sala de visitas para a comemoração coreográfica das datas festivas da família. Os construtores das casas já sabiam disso e sacrificavam o resto da habitação à sala nobre. Houve quem dissesse que nós fazíamos casa, ou as tínhamos para os outros, porque a melhor peça dela era destinada a estranhos.

Hoje, porém, as casas minguam em geral, e especialmente, na capacidade dos seus aposentos e cômodos. Nas salas de visitas das atuais mal cabem o piano e uma meia mobília, adquirida a prestações.

Meia dúzia de pessoas, numa delas, estão ameaçadas de morrer asfixiadas com as janelas abertas. Como é que elas podem comportar um baile à moda antiga, em que dançavam dúzias de pares? Evidentemente, não. Isto acontece com as famílias remediadas; com as verdadeiramente pobres, a coisa piora. Ou moram em cômodos ou em casitas de avenidas, que são um pouco mais amplas do que a gaiola dos passarinhos.

Por isso entre a gente média os bailes estão quase desaparecendo dos seus hábitos; e, na gente pobre, eles ficaram reduzidos ao mínimo de um concerto de violão ou a um recibo de sócio de um clube dançante na vizinhança, onde as moças vigiadas pelas mães possam pirutear em salão vasto.

O meu amigo Sussekind de Mendonça, no seu interessante livro - O Esporte está deseducando a mocidade brasileira - refere-se à licenciosidade das danças modernas.

Hei de falar mais detidamente sobre esse vigoroso livro: agora, porém, cabe só uma observação. Mendonça alude ao que se passa no "set" carioca; mas pelo que me informam, o subúrbio não lhe fica atrás. Nos tempos idos, essa gente verde das nossas elegâncias - verde é sempre uma espécie de argot - sempre mutável e variável de ano para ano, - desdenhava o subúrbio e acusava-o falsamente de dançar maxixe; hoje, não há diferença: todo o Rio de Janeiro, de alto a baixo, incluídos os Democráticos e o Music-Club das Laranjeiras, o dança.

Há uma coisa a notar: é que esse maxixe familiar não foi dos "Escorregas" de Cascadura para o Acchilleon do Flamengo; ao contrário, veio deste para aquela.

O meu estimado Mendonça atribui o "andaço" dessas danças desavergonhadas ao futebol. O Sr. Antônio Leão Veloso achou isso exagerado. Pode haver exagero - não ponho em dúvida tal coisa - mas o tal de futebol pos tanta grosseria no ambiente, tanto desdém pelas coisas de gosto, e reveladoras de cultura, tanta brutalidade de maneiras, de frases e de gestos, que é bem possível não ser ele isento de culpa no recrudescimento geral, no Rio de Janeiro, dessas danças luxuriosas que os hipócritas estadunidenses foram buscar entre os negros e os apaches. Convém notar que, entre esses retardados exemplares da nossa humanidade, quando em estado selvagem, semelhantes danças não têm a significação luxuriosa e lasciva que se julga. Fazem parte dos rituais dos seus Deuses, e com elas invocam a sua proteção nas vésperas de guerras e em outras ocasiões solenes.

Passando para os pés dos civilizados, elas são deturpadas, acentuadas na direção de um apelo claro à atividade sexual, perdem o que significavam primitivamente e se tornam intencionalmente lascivas, provocantes e imorais.

Isto, porém, não nos interessa, porque não interessa tanto ao subúrbio como ao "set" carioca, que dançam "one-step" e o tango argentino, e nessas bárbaras danças se nivelam. O subúrbio civiliza-se, diria o saudoso Figueiredo Pimentel, que era também suburbano; mas de que forma, santo Deus?

Quando fui morar naquelas paragens não havia noite em que voltando tarde para casa, não topasse no caminho com um baile, com um chôro, como se dizia na gíria do tempo. Havia famílias que davam um por mês, fora os extraordinários, e havia também cavalheiros e damas que não faltavam a eles, além de irem a outros de famílias diferentes.

Eram célebres nos subúrbios, certos rapazes e moças, como tipos de dançarinos domésticos. Conheci alguns, e ouvi muitos falar neles. Lembro-me bem, dentre eles, de uma moça que, às vezes, atualmente ainda encontro, gordinha, com dois ou três filhos que lhe dão um imenso trabalho para acomodar nos bondes. Chamavam-na Santinha, e tinha uma notoriedade digna de um poeta de "Amor" ou de um gatimanhas de cinematógrafo. Não' era bonita na rua, longe disso. A sua aparência era de uma moça como muitas outras, de feições miúdas, sem grande relevo, cabelos abundantes e sedosos. Tinha, porém, um traço próprio, pouco vulgar nas moças. A sua testa era alta e reta, testa de deusa a pedir um diadema. Era estimada como discipula de Terpsícore burguesa. A sua especialidade estava na valsa americana que dançava como ninguém. Não desdenhava as outras contradanças, mas a valsa era a sua especialidade. Dos trezentos e sessenta e cinco dias do ano, só nos dias de luto da semana santa e no de finados, não dançava. Em todos os mais, Santinha valsava até de madrugada. Dizia a todos que, por tanto dançar não tinha tempo de namorar. De fato, sempre requestada para esta e aquela contradança, via tantos e tantos cavalheiros, que acabava não vendo nenhum ou não firmando a fisionomia de nenhum.

Se não era bela na rua, em atitude comum de passeio, valsando ficava outra, tomava um ar de sílfide, de divindade aérea, vaporosa e adquiria um ar esvoaçante de visão extra-real. Fugia ao solo e como que pairava no espaço...

Os que a viram dançar e me falam dela, até hoje não escondem a profunda impressão que a moça, ao valsar, lhes causou; e quando hoje, por acaso, a encontro atrapalhada com os filhos, penso de mim para mim: para que essa moça se cansou tanto? Chegou afinal ao ponto em que tantas outras chegam com muito menos esforço...

O "pendant" masculino de Santinha era o seu Gastão. Baile em que não aparecia seu Gastão, não merecia consideração. Só dançava de "smoking", e o resto do vestuário de acordo. Era um rapaz de boa altura, simpático, grandes e bastos bigodes, de uma delicadeza exagerada; A sua especialidade não era a valsa; era o "pas-de-quatre", que dançava com ademanes de dança antiga, de minueto ou de coisa parecida. Fazia cumprimentos hieráticos e dava os passos com a dignidade e convicção artística de um Vestris. Seu Gastão ainda existe, e prosperou na vida. Quando rei suburbano do "pas-de-quatre" era empregado de um banco ou de um grande escritório comercial. Hoje é diretor-gerente de uma casa bancária, está casado, tem filhos, mora em Conde de Bonfim, numa vasta casa, mas raramente dá bailes. Dançou para a vida inteira e também pelos filhos e filhas.

Nesses bailes suburbanos, o mártir era o dono da casa: Seu Nepomuceno começava por não conhecer mais da metade da gente que, transitoriamente, abrigava, porque Cacilda trazia Nenê e esta o irmão que era namorado daquela - a única cuja família tinha relações com a do Seu Nepomuceno; e, assim, a casa se enchia de desconhecidos. Além destes subconvidados, ainda existiam os penetras. Chamava-se assim certos rapazes que, sem nenhuma espécie de convite, usavam deste ou daquele truque, para entrar nos bailes - penetrar.

Em geral, apesar da multidão dos convidados, essas festas domésticas tinham um grande cunho de honestidade e respeito. Eram raros os excessos e as danças, com o intervalo de um hora, para uma ceia modesta, se prolongavam até o clarear do dia sem que o mais arguto do sereno pudesse notar uma discrepância nas atitudes dos pares, dançando ou não. Sereno, era chamado o agrupamento de curiosos que ficavam na rua a espiar o baile. Quase sempre era formado de pessoas das vizinhanças e outras que não haviam sido convidadas e lá se postavam para ter assunto em que baseassem a sua despeitada crítica.

Esses bailes burgueses não eram condenados pela religião. Se algumas nada diziam, calavam-se. Outras até elogiavam. O puritanismo era francamente favorável a eles. Afirmava ele, pela bôca de adeptos autorizados, que essas reuniões facilitavam a aproximação dos moços de dois sexos, cuja vida particular a cada um deles se fazia isoladamente, sem terem ocasião de trocar impressões, sem comunicarem mutuamente quais os seus anelos, quais os seus desgostos, favorecendo tudo isso os saraus familiares.

Estou certo de que os positivistas, hoje, julgariam que os atuais bailes aproximam por demais os sexos, e... "anathema sit".

O pequeno povo porém ainda não sabe o "fox--trot", nem o "shimmy". Nos seus clubes, ao som do piano ou de estridulantes charangas, dança ainda à antiga; e, no recesso do lar com um terno de flauta, um cavaquinho e violão ou sob o compasso de um prestativo gramofone, ainda volteia a sua valsa ou requebra uma polca, extraordinariamente honesta em comparação com os tais "steps" da moda.

Sem receio de errar, entretanto, pode-se dizer que o baile familiar e burguês, democrático e efusivo, está fora da moda, nos subúrbios. A carestia da vida, a exigüidade das casas atuais e a imitação da alta burguesia desfiguraram-no muito e tendem a extingui-lo.

O violão e a modinha que Catulo, com sua tenacidade, com o seu talento e a sua obediência cega a um grande ideal, dignificou e tornou capaz da atenção dos intelectuais, vão sendo mais prezados e já se fazem encantos dos saraus burgueses em que, pelas causas apontadas, as danças mínguam. É pena que para um Catulo, artista honesto, sob todos os pontos de vista, haja uma dezena de Casanovas disponíveis, que, maus de natureza e sem talento algum, se servem da arte reabilitada pelo autor de Sertanejo, a fim de, por intermédio de horríveis cantarolas, levarem a desgraça a lares pobres e perder moças ingênuas e inexperientes. Há por lá monstros desses que contam tais proezas às dezenas. É o caso de imitar o outro e escrever: O Código Penal e a inutilidade das leis.

Uma outra diversão que, antigamente, os suburbanos apreciavam muito e hoje está quase morta, era a do teatrinho de amadores. Quase todas as estações tinham mantido um Clube. O do Riachuelo, teve a sua meia hora de celebridade; possuía um edifício de razoáveis proporções; mas desapareceu, e, atualmente, foi transformado em escola municipal. O que havia de característico na vida suburbana, em matéria de diversão, pouco ou quase nada existe mais. O cinema absorveu todas elas e, pondo de parte o Mafuá semi-eclesiástico, é o maior divertimento popular da gente suburbana.

Até o pianista, o célebre pianista de bailes, ele arrebatou e monopolizou.

Nada tem, porém, de próprio ao lugar, é tal e qual outro e qualquer cinema do centro ou qualquer parte da cidade em que haja pessoas cujo gosto de se divertir no escuro arrasta a ver-lhes as fitas durante hora e tanto.

O futebol flagela também aquelas paragens como faz ao Rio de Janeiro inteiro. Os clubes pululam e os há em cada terreno baldio de certa extensão.

Nunca lhes vi uma partida, mas sei que as suas regras de bom-tom em nada ficam a dever às dos congêneres dos bairros elegantes.

A única novidade que notei, e essa mesma não me parece ser grave, foi a de festejarem a vitória sobre um rival, cantando os vencedores pelas ruas, com gambitos nus, a sua proeza homérica com letra e música da escola dos cordões carnavalescos. Vi isto só uma vez e não garanto que essa hibridação do samba, mais ou menos africano com o futebol anglo-saxônio, se haja hoje generalizado nos subúrbios. Pode ser, mas não tenho documentos para tanto afiançar.

Resta-nos o Carnaval; é ele, porém, tão igual por toda a parte, que foi impossível, segundo tudo faz crer, ao subúrbio dar-lhe alguma coisa de original. Lá, como na Avenida, como em Niterói, como em Maxambomba, como em todo este Brasil inteiro, são os mesmos cordões, blocos, grupos, os mesmos versos indignos de manicômio, as mesmas músicas indigestas e, enfim, o Carnaval em que como lá diz Gamaliel de Mendonça, no seu último livro - Revelação: - Os homens são jograis; as mulheres, bacantes. -

O subúrbio não se diverte mais. A vida é cara e as apreensões muitas, não permitindo prazeres simples e suaves, doces diversões familiares, equilibradas e plácidas. Precisa-se de ruído, de zambumba, de cansaço, para esquecer, para espançar as trevas que em torno da nossa vida, mais densas se fazem, dia para dia, acompanhando "pari-passu" as suntuosidades republicanas.

Ele não mais se diverte inocentemente; o subúrbio se atordoa e se embriaga não só com o álcool, com a lascívia das danças novas que o esnobismo foi buscar no arsenal da hipocrisia norte-americana. Para as dificuldades materiais de sua precária existência,

criou esse seu paraíso artificial, em cujas delícias tran-
sitórias mergulha, inebria-se minutos, para esperar,
durante horas, dias e meses, um aumentozinho de
vencimentos...[1]

1   Gazeta de Notícias, 7-2-1922.

A polícia suburbana

Noticiam os jornais que um delegado inspecionando, durante uma noite destas, algumas delegacias suburbanas, encontrou-as às moscas, comissários a dormir e soldados a sonhar.

Dizem mesmo que o delegado-inspector surripiou objetos para pôr mais à mostra o descaso dos seus subordinados.

Os jornais, com aquele seu louvável bom senso de sempre, aproveitaram a oportunidade para reforçar as suas reclamações contra a falta de policiamento nos subúrbios. Leio sempre essas reclamações e pasmo. Moro nos subúrbios há muitos anos e tenho o hábito de ir para a casa alta noite.

Uma vez ou outra encontro um vigilante noturno, um policial e muito poucas vezes é-me dado ler notícias de crimes nas ruas que atravesso.

A impressão que tenho é de que a vida e a propriedade daquelas paragens estão entregues aos bons sentimentos dos outros e que os pequenos furtos de galinhas e coradouros não exigem um aparelho custoso de patrulhas e apitos.

Aquilo lá vai muito bem, todos se entendem livremente e o Estado não precisa intervir corretivamente para fazer respeitar a propriedade alheia.

Penso mesmo que, se as coisas não se passassem assim, os vigilantes, obrigados a mostrar serviço, procurariam meios e modos de efetuar detenções e os notívagos, como eu, ou os pobres-diabos que lá procuram dormida, seriam incomodados, com pouco proveito para a lei e para o Estado.

Os policiais suburbanos têm toda a razão. Devem continuar a dormir. Eles, aos poucos, graças ao calejamento do ofício, se convenceram de que a polícia é inútil.

Ainda bem.[2]

---

2 Correio da Noite, Rio, 28-12-1914.

Pólvora e cocaína

Já houve quem dissesse por aí que o Rio de Janeiro é a cidade das explosões.

Na verdade, não há semana em que os jornais não registrem uma aqui e ali, na parte rural.

A idéia que se faz do Rio é de que é ele um vasto paiol, e vivemos sempre ameaçados de ir pelos ares, como se estivéssemos a bordo de um navio de guerra, ou habitando uma fortaleza cheia de explosivos terríveis.

Certamente que essa pólvora terá toda ela emprego útil; mas, se ela é indispensável para certos fins industriais, convinha que se averiguassem bem as causas das explosões, se são acidentais ou propositais, a fim de que fossem removidas na medida do possível.

Isto, porém, é que não se tem dado e creio que até hoje não têm as autoridades chegado a resultados positivos.

Entretanto, é sabido que certas pólvoras, submetidas a dadas condições, explodem espontaneamente e tem sido essa a explicação para uma série de acidentes bastante dolorosos, a começar pelo do *Maine*, na baía de Havana, sem esquecer também o do *Aquidabã*.

Noticiam os jornais que o governo vende, quando avariada, grande quantidade dessas pólvoras.

Tudo está a indicar que o primeiro cuidado do governo devia ser não entregar a particulares tão perigosas pólvoras, que explodem assim sem mais nem menos, pondo pacificas vidas em constante perigo.

Creio que o governo não é assim um negociante ganancioso que vende gêneros que possam trazer a destruição de vidas preciosas; e creio que não é, porquanto anda sempre zangado com os farmacêuticos que vendem cocaína aos suicidas.

Há sempre no Estado curiosas contradições.[3]

---

3   Correio da Noite, Rio, 5-1-1915.

As enchentes

As chuvaradas de verão, quase todos os anos, causam no nosso Rio de Janeiro, inundações desastrosas. Além da suspensão total do tráfego, com uma prejudicial interrupção das comunicações entre os vários pontos da cidade, essas inundações causam desastres pessoais lamentáveis, muitas perdas de haveres e destruição de imóveis.

De há muito que a nossa engenharia municipal se devia ter compenetrado do dever de evitar tais acidentes urbanos.

Uma arte tão ousada e quase tão perfeita, como é a engenharia, não deve julgar irresolvível tão simples problema.

O Rio de Janeiro, da avenida, dos *squares*, dos freios elétricos, não pode estar à mercê de chuvaradas, mais ou menos violentas, para viver a sua vida integral.

Como está acontecendo atualmente, ele é função da chuva. Uma vergonha!

Não sei nada de engenharia, mas, pelo que me dizem os entendidos, o problema não é tão difícil de resolver como parece fazerem constar os engenheiros municipais, procrastinando a solução da questão.

O Prefeito Passos, que tanto se interessou pelo embelezamento da cidade, descurou completamente de solucionar esse defeito do nosso Rio.

Cidade cercada de montanhas e entre montanhas, que recebe violentamente grandes precipitações atmosféricas, o seu principal defeito a vencer era esse acidente das inundações.

Infelizmente, porém, nos preocupamos muito com os aspectos externos, com as fachadas, e não com o que há de essencial nos problemas da nossa vida urbana, econômica, financeira e social.[4]

---

4 Correio da Noite, Rio, 19-1-1915.

O Novo Manifesto

Eu também sou candidato a deputado. Nada mais justo. Primeiro: eu não pretendo fazer coisa alguma pela pátria, pela família, pela humanidade.

Um deputado que quisesse fazer qualquer coisa dessas, ver-se-ia bambo, pois teria, certamente, os duzentos e tantos espíritos dos seus colegas contra ele.

Contra as suas idéias levantar-se-iam duas centenas de pessoas do mais profundo bom senso.

Assim, para poder fazer alguma coisa útil, não farei coisa alguma, a não ser receber o subsídio.

Eis aí em que vai consistir o máximo da minha ação parlamentar, caso o preclaro eleitorado sufrague o meu nome nas urnas.

Recebendo os três contos mensais, darei mais conforto à mulher e aos filhos, ficando mais generoso nas facadas aos amigos.

Desde que minha mulher e os meus filhos passem melhor de cama, mesa e roupas, a humanidade ganha. Ganha, porque, sendo eles parcelas da humanidade, a sua situação melhorando, essa melhoria reflete sobre o todo de que fazem parte.

Concordarão os nossos leitores e prováveis eleitores, que o meu propósito é lógico e as razões apontadas para justificar a minha candidatura são bastante ponderosas.

De resto, acresce que nada sei da história social, política e intelectual do país; que nada sei da sua geografia; que nada entendo de ciências sociais e próximas, para que o nobre eleitorado veja bem que vou dar um excelente deputado.

Há ainda um poderoso motivo, que, na minha consciência, pesa para dar este cansado passo de vir solicitar dos meus compatriotas atenção para o meu obscuro nome.

Ando mal vestido e tenho uma grande vocação para elegâncias.

O subsídio, meus senhores, viria dar-me elementos para realizar essa minha velha aspiração de emparelhar-me com a deschanelesca elegância do senhor Carlos Peixoto.

Confesso também que, quando passo pela Rua do Passeio e outras do Catete, alta noite, a minha modesta vagabundagem é atraída para certas casas cheias de luzes, com carros e automóveis à porta, janelas com cortinas ricas, de onde jorram gargalhadas femininas, mais ou menos falsas.

Um tal espetáculo é por demais tentador, para a minha imaginação; e, eu desejo ser deputado para gozar esse paraíso de Maomé sem passar pela algidez da sepultura.

Razões tão ponderosas e justas, creio, até agora, nenhum candidato apresentou, e espero da clarividência dos homens livres e orientados o sufrágio do meu humilde nome, para ocupar uma cadeira de deputado, por qualquer Estado, província, ou emirado, porque, nesse ponto, não faço questão alguma.[5]

Às urnas.

---

5   Correio da Noite, Rio, 16-1-1915.

País rico

Meu amigo e colega Juvenal Calheiros é um pai exemplar que cuida com toda a solicitude da educação dos filhos.

Procura bons colégios, informa-se dos professores, segue as lições dos meninos – isto tudo sem o menor desfalecimento.

De resto, ele é um patriota, crente na grandeza do Brasil, nas suas riquezas e no seu futuro; põe, portanto, todo o seu esforço em instilar no espírito dos seus pimpolhos essa sua forte e virtuosa crença.

Damo-nos muito, desde o colégio primário, e frequento-lhe a casa, vivo na intimidade de sua família, o que me dá grande gosto, pois, não tendo propriamente família, aprecio muito a família dos outros.

Não sendo rico, tem Juvenal alguma coisa e vive com certa abastança, em uma boa casa lá das bandas de Vila Isabel.

Domingo, não tendo onde ir, nem mesmo às festanças da Quinta da Boa Vista, cujos recantos, cuja placidez, cuja majestade de parque principesco me encantam muito, quis ver o meu amigo.

É preciso que eu lhes diga que não fui à quinta, porque não vou a lugares públicos quando se paga. Julgo que, podendo eu ir sem pagar a certo lugar, não vou gastar dinheiro para lá ir. Nesse ponto, não sou como o resto do Rio de Janeiro.

Continuo a narração. Tomei o bonde conveniente e parti para a casa do meu amigo, apreciando o domingo, cheio de rapazes endomingados, de damas de laçarotes, de automóveis pejados de gente, de jogadores de football, de amadores de corridas, – gente feliz por ter um dia em que não faz nada.

Cheguei em boa hora à casa do meu amigo que conversava na chácara com a família. Ainda liam, ele e os filhos, os jornais.

Não quis interromper-lhes a leitura e acertei um jornal para, relendo-o, não impedir a leitura deles.

A dona da casa estava no interior tratando de negócios caseiros.

Num dado momento, um dos filhos do meu amigo, descansando os jornais, perguntou ao pai:

– Papai, o Brasil não é um país muito rico?

– É.

– Tem ferro?

– Tem.

– Tem cobre?

– Tem.

– Tem zinco?

– Tem. Porque tu perguntas isso?

– É que vejo os jornais muito indignados porque querem exportar ferro velho, cobre, etc. Se nós temos ferro, cobre na terra, porque tal zanga?

A dona da casa veio convidar-nos para o almoço.[6]

---

6   Careta, Rio, 31-7-1915.

A carroça dos cachorros

Quando de manhã cedo, saio da minha casa, triste e saudoso da minha mocidade que se foi infecunda, na rua eu vejo o espetáculo mais engraçado desta vida.

Amo os animais e todos eles me enchem do prazer da natureza.

Sozinho, mais ou menos esbodegado, eu, pela manhã, desço a rua e vejo.

O espetáculo mais curioso é o da carroça dos cachorros. Ela me lembra a antiga caleça dos Ministros de Estado, no tempo do Império, quando eram seguidas por duas praças de cavalaria de polícia.

Era no tempo da minha meninice e eu me lembro disso com as maiores saudades.

— Lá vem a carrocinha! - dizem.

E todos os homens, mulheres e crianças se agitam e tratam de avisar os outros.

Diz D. Marocas a D. Eugênia:

— Vizinha! Lá vem a carrocinha! Prenda o Jupi!

E toda a "avenida" se agita e os cachorrinhos vão presos e escondidos.

Esse espetáculo tão curioso e especial mostra bem de que forma profunda nós homens nos ligamos aos animais.

Nada de útil, na verdade, o cão nos dá; entretanto, nós o amamos e nós o queremos.

Quem os ama mais, não somos nós os homens; mas são as mulheres e as mulheres pobres, depositárias por excelência daquilo que faz a felicidade e infelicidade da humanidade - o Amor.

São elas que defendem os cachorros das praças de policia e dos guardas municipais; são elas que amam os cães sem dono, os tristes e desgraçados cães que andam por aí à toa.

Todas as manhãs, quando vejo semelhante espetáculo, eu bendigo a humanidade em nome daquelas pobres mulheres que se apiedam pelos cães.

A lei, com a sua cavalaria e guardas municipais, está no seu direito em persegui-los; elas, porém, estão no seu dever em acoitá-los.[7]

---

7   Careta, 20-9-1919.

Os matadores de mulheres

Preocupações de outras ordens, não me têm permitido escrever sobre coisas diárias; mas este caso de Niterói, caso do Filadelfo Rocha, fez-me voltar de novo à imprensa quotidiana.

Eu não me cansarei nunca de protestar e de acusar esses vagabundos matadores de mulheres, sobretudo, como no caso presente, quando não têm nem a coragem do seu crime.

Eu conheço este Filadelfo desde tenente. Sou funcionário da Secretaria da Guerra há quinze anos. Ele nunca passou de um tarimbeiro vulgar, feito pelo Floriano oficial. De bajulação em bajulação, foi subindo, até que, com a sua máxima bajulação ao senhor Hermes da Fonseca foi levado a ser comandante da polícia de Niterói.

Ele é quase analfabeto, sem nenhuma inteligência, nunca fez o mínimo esforço mental; entretanto, agora, coberto pelo opróbrio de um assassinato, insinua que o fez porque o seu rival era um simples funileiro. Mas onde foi Filadelfo encontrar superioridade suficiente para julgar-se mais do que o tal bombeiro?

Este Filadelfo ignorante, bajulador, que eu via pelo corredores de Ministério da Guerra a pegar na casaca deste ou daquele graúdo, para não comandar as suas praças, é, por acaso, alguma coisa?

Com essa tatuagem de galões, eles querem fazer das suas, matando as mulheres a torto e a direito. Eu me refiro simplesmente a semelhantes sujeitos. E digo isso, não por covardia, mas em atenção a verdade.

Por exemplo: este senhor Faceiro que, ontem ou anteontem, matou a mulher, porque teve a franca, a franca franqueza orgulhosa de dizer que a sua gravidez era do seu amor e não dele, não me merece a mínima piedade; mas há tantos outros que eu estimo... Adiante.

A mulher não é propriedade nossa e ela está no seu pleno direito de dizer donde lhe vêm os filhos.

Mas a questão não é esta. Eu falava do Filadelfo, do pequenino Filadelfo, a quem eu queria dizer simplesmente que nem ao menos ele teve ou tem coragem do seu crime. Espécie de Mendes Tavares!

Basta.[8]

---

8   Lanterna, Rio, 18-3- 1918

Sobre o football

Nunca foi do meu gosto o que chamam sport, esporte ou desporto; mas quando passo longos dias em casa, dá-me na cisma, devido, certamente à reclusão a que me imponho voluntariamente, ler as notícias esportivas, pois leio os jornais de cabo a rabo.

Nestes últimos dias, todas as notícias sobre um encontro entre jogadores de football daqui e de São Paulo, não me escaparam. Em começo, quando toparam meus olhos com os títulos espalhafatosos, sorri de mim para mim, pensando: estes meninos fazem tanto barulho por tão pouca coisa? Much ado about nothing. .. Mas, logo ao começo da leitura tive o espanto de dar com este solene período:

"As acusações levantadas, então, por certa parte da imprensa paulista - manifestações que estamos já agora dispostos a esquecer, mas que não podemos deixar de rememorar - contra a competência e a honestidade do árbitro que serviu naquela partida, atribuindo à obra sua a vitória alcançada por nós, preparou o espírito popular na ânsia de uma prova provada de que, com este ou aquele juiz, os jogadores cariocas estão à altura dos seus valorosos êmulos paulistas e são capazes de vencê-los."

Diabo! A coisa é assim tão séria? Pois um puro divertimento é capaz de inspirar um período tão gravemente apaixonado a um escritor?

Eu sabia, entretanto, pela leitura de Jules Huret, que o famoso match anual entre as universidades de Harvard e Yale, nos Estados Unidos, é uma verdadeira batalha, em que não faltam, no séquito das duas equipes,médicos e ambulâncias, tendo havido, por vezes, mortos, e, sempre, feridos. Sabia, porém, por sua vez, o que é o ginásio da primeira, verdadeiro sanatório de torturas físicas; que o jogo de lá é diferente do usado aqui, mais brutal, por exigir o temperamento já de si brutal do americano em divertimentos ainda mais brutais do que eles são. Mas nós?...

Reatei a leitura, dizendo cá com os meus botões: isto é exceção, pois não acredito que um jogo de bola e, sobretudo jogado com os pés, seja capaz de inspirar paixões e ódios. Mas, não senhor! A coisa era a sério e o narrador da partida, mais adiante, já falava em armas. Puro front! Vejam só este período:

"As nossas armas, neste momento, são, pois, as da defesa, e da defesa mais legítima, respeitável, mais nobre possível porque ela assenta numa demonstração pública, esperada com cerca de trinta dias de paciência."

Não conheço os antecedentes da questão; não quero mesmo conhece-lo; mas não vá acontecer que simples disputas de um inocente divertimento causem tamanhas desinteligências entre as partes que venham a envolver os neutros ou mesmo os indiferentes, como eu, que sou carioca, mas não entendo de football. Acabei a leitura da cabeça e fiquei mais satisfeito. Tinha ela um tom menos apaixonado; tinha o ar dos finais das clássicas discussões jornalísticas sobre arrendamentos ou concessões de estradas de ferro e outras medidas da mais pura honestidade administrativa. Falava na "dura e bem merecida lição para certos jornalistas que não compreendem o espírito que deve mover as suas penas que malbaratam a honra alheia", etc., etc.

Continuei a ler a descrição do jogo, mas não entendi nada. Parecia-me todo aquilo escrito em inglês e não estava disposto a ir à estante, tirar o Valdez e voltar aos meus doces tempos dos "significados". Eram só backs, forwards, kicks, corners; mas havia um "chutada", que eu achei engraçado. Está aí uma palavra anglo-lusa. Não é de admirar, pois, desde muito, Portugal anda amarrado à sorte da Inglaterra; e até já lhe deu muitas palavras, sobretudo termos de marinha: revolver vem de "revolver", português, e commodoro de "comandante".

Passei o dia, pensando que a coisa ficasse nisso; mas, no dia seguinte, ao abrir o mesmo jornal e ler as notícias esportivas, vi que não. A disputa continuava, não no ground; mas nas colunas jornalísticas.

O órgão de São Paulo, se bem me lembro, dizia que os cariocas não eram "cariocas", eram hebreus, curdos, anamitas; enquanto os paulistas eram "paulistas". Deus do céu! exclamei eu. Posso ser rebolo (minha bisavó era), cabinda, congo, moçambique, mas judeu - nunca! Nem com dois milhões de contos!

Esta minha mania de seguir coisas de football estava a fornecer-me tão estranhas sensações que resolvi abandoná-la. Deixei de ler as seções esportivas e passei para as mundanas e para as notícias de aniversário. Mas, parece, que havia algum gênio mau que queria, com as histórias de football,dar-me tenebrosas apreensões.

Há dias, graças à obsequiosidade de Benedito de Andrade, o valente redator do Parafuso e não menos valente diretor da A Rolha,mandou-me uma coleção deste último semanário, pelo que já lhe agradeci do fundo d'alma.

Todos os dois magazines são de São Paulo, como sabem. Uma noite destas, relendo o número de 14 de julho, da Rolha,fui dar com a sua seção "esportiva".

Tinha jurado não ler mais nada que tratasse de tais assuntos; mas a isso fui obrigado naquele número da Rolha porque vi o título da crônica - "Rio versus São Paulo". Admirei-me! Pois se o encontro de que já tratei, foi nos primeiros dias deste mês, como é que o Baby já o noticia quase um mês antes? Li e vi tratar-se de outro de que nem tivera notícias, e isso é tanto assim de notar que o autor da crônica deixa entender que todos nós tínhamos os olhos voltados para ele. Leiam isto:

"Rio versus São Paulo - A Capital Federal está em festas. De vinte em vinte e quatro horas as fortalezas salvam, as bandas de música executam hinos festivos e nas diferentes sedes esportivas o champagne corre a rodo como se estivéssemos festejando o último dia de guerra. Nas avenidas, praças, ruas e becos, homens já na casa dos cinquenta, matronas escondendo a primavera dos sessenta e crianças ainda mal desabituadas dos cueiros, só falam no grande acontecimento que encheu de júbilo um milhão e pouco de almas nascidas e domiciliadas na encantadora Sebastianópolis: a vitória do scratch carioca... Nas redações, os cronistas esportivos já não dormem há uma semana: são os cumprimentos, as telefonadas, os telegramas, os convites, para almoços e para jantares. Tudo isso... porque depois de dezoito anos de lutas o famoso scratch da Metropolitana conseguiu a sua terceira vitória."

Meu caro Baby: isto deve ser Bizâncio, no tempo de Justiniano, em que uma partida de circo, com os seus azuis e verdes", punha em perigo o império; mas não o Rio de Janeiro. Se assim fosse, se as partidas de football entre vocês de lá e nós daqui, apaixonassem tanto um lado como o outro, o que podia haver era uma guerra civil; mas, se vier, felizmente, será só nos jornais e, nos jornais, nas seções esportivas, que só são lidas pelos próprios jogadores de bola adeptos de outros divertimentos brutais, mas quase infantis e sem alcance, graças a Deus; dessa maneira, estamos livres de uma formidável guerra de secessão, por causa do football![9]

---

9 Brás Cubas, Rio, 15-8-1918.

Não se zanguem

A cartomancia entrou decididamente na vida nacional. Os anúncios dos jornais todos os dias proclamam aos quatro ventos as virtudes miríficas das pitonisas.

Não tenho absolutamente nenhuma ojeriza pelas adivinhas; acho até que são bastante úteis, pois mantêm e sustentam no nosso espírito essa coisa que é mais necessária à nossa vida que o próprio pão: a ilusão.

Noto, porém, que no arraial dessa gente que lida com o destino, reina a discórdia, tal e qual no campo de Agramante.

A política, que sempre foi a inspiradora de azêdas polêmicas, deixou um instante de sê-lo e passou a vara à cartomancia.

Duas senhoras, ambas ultravidentes, extralúcidas e não sei que mais, aborreceram-se e anda uma delas a dizer da outra cobras e lagartos.

Como se pode compreender que duas sacerdotisas do invisível não se entendam. e dêem ao público esse espetáculo de brigas tão pouco próprio a quem recebeu dos altos poderes celestiais virtudes excepcionais?

A posse de tais virtudes devia dar-lhes uma mansuetude, uma tolerância, um abandono dos interesses terrestres, de forma a impedir que o azedume fosse logo abafado nas suas almas extraordinárias e não rebentasse em disputas quase sangrentas.

Uma cisão, uma cisma nessa velha religião de adivinhar o futuro, é fato por demais grave e pode ter consequências desastrosas.

Suponham que F. tenta saber da cartomante X se coisa essencial à sua vida vai dar-se e a cartomante, que é dissidente da ortodoxia, por pirraça diz que não.

O pobre homem aborrece-se, vai para casa de mau humor e é capaz de suicidar-se.

O melhor, para o interesse dessa nossa pobre humanidade, sempre necessitada de ilusões, venham de onde vier, é que as nossas cartomantes vivam em paz e se entendam para nos ditar bons horóscopos.[10]

---

10 Correio da Noite, Rio, 26-12-1914.

Conheça a Tacet Books

Somos uma editora independente que cria obras interessantes e inéditas, a partir de conteúdo em domínio público, nos idiomas inglês, espanhol e português.

Nosso website: www.tacetbooks.com

Este livro foi composto em Libre Baskerville e impresso no Brasil por UmLivro, para a Editora Tacet Books.

Lima Barreto cursou engenharia na Universidade Federal do Rio de Janeiro, mas acabou abandonando o curso devido ao ambiente acadêmico racista e hostil, além de dificuldades financeiras. Em 2014, 92 anos após sua morte, a política de cotas foi implementada na universidade. Desde então, houve um aumento de 71% no número de alunos pretos e pardos na UFRJ.

São Paulo-SP. Abril, 2023.

9 786589 575504